i

imaginist

想象另一种可能

理
想
国

imaginist

斑馬谷
ZEBRA·VALLEY

崔健诗歌集

1986－2021

当代世界出版社
THE CONTEMPORARY WORLD PRESS

一无所有——这是崔健的摇滚乐的精神历程,从20世纪80年代中期到今天,糅合了中国民谣的传统和现代西方音乐,他唱出来的不只是一代人的声音。崔健的诗歌结集成书,让"一无所有"的主题与变奏,铭刻在历史记忆中。

——北岛

如是我闻
姜文

朋友要给老崔出诗集,要我写个序。

我说:OK。

他(老崔)说:好。

1.

我说:

您老要出诗集,让我不免有点儿担心。

他说:

担心什么?

我说:

万一得诺贝尔了怎么办?

他说:

我是做音乐的,我还是更想得格莱美。其实我的歌词不应该属于文学领域,它离不开音乐。

我说:

但诗集就是那些歌词,而歌词已脱离了音乐,分开它们的预谋是什么?

他说:

这本诗集是个纪念,经过我的编辑,把歌词版调整到阅读版,文字分量更专一,阅读起来会有意外的东西出来。

我说：

重读这些歌词，什么感觉？

他说：

我重读了上百次，到最后是已失去了文学化的重读。当我看着歌词，是带着音乐化处理的，并不是文学化的。

我说：

你看着你的歌词，是带旋律的？

他说：

对，最起码带着音乐发音的旋律，因为普通话是一种特别容易审美疲劳的语言，它受四声的控制，我甚至认为所有方言都比普通话更富表达力。我对普通话的不满足感已经在我很多说唱音乐里体现出来了。我用山东话写过《网络处男》。你的电影《鬼子来了》我超喜欢，所以我还用唐山话写了一首歌。

2.

我说：

你跟"一无所有"是什么关系？毕竟它在成为歌名之前，先是个成语。

他说：

当初没想叫《一无所有》，那是 1986 年，我想叫《1986》，或叫《这就跟我走》，或是《你何时跟我走》，最后写完了，一看，哦，《一无所有》。我一般是这样，先出动机，后出和声，再出旋律，然后填词，最后起名，百分之九十的歌都是这样。《一无所有》就是曲带着词，一气呵成的。

我说：

为什么是这个旋律？陕北味儿。

他说：

我也不知道是这种旋律。当时写完之后还觉得挺洋气的，然后唢呐一加、笛子一响，就成了中国民歌了。

我说：

潜意识的？

他说：

对，摇滚乐落地中国，这首歌可能算是一个标志，但我根本没想过摇滚中国化。

我说：

歪打正着？

他说：

对。就把摇滚乐自然地在我身上做一次处理，变成中文。

我说：

《一无所有》英文是啥样的？

他说：

一开始叫"Nothing to My Name"——我的名下什么都没有。

我说：

这不光指财富。"什么都没有"，那就是一张白纸的意思啊？

他说：

对，但我不知道英文到底怎样诗意地传达这个意思。

我说：

《一块红布》是先有红布呢？还是先有的词儿？

他说：

《一块红布》几乎是词和曲同时写出来的，很快！《一无所有》火了之后，我有个潜意识，不想总是唱它，一定要弄个新歌。

3.

我说:

你的很多歌都关于出走,对吗?

他说:

问得好。它是一股心态,一种潜意识的文学感受。当我总结所有歌的时候,我发现我是想离心向外走。

我说:

从白走到黑? 去哪儿呢?

他说:

总之是往外走,我不喜欢回家的感觉……我内心充满挑战,实际上唱着唱着,别人都被我唱走了,我把出走的感觉释放出去了,我倒是留下来了,走的是别人。

我说:

大家都被你骗走了,你却留在原地。

他说:

哈哈,我留下挺好。

我说:

你这次出诗集,是又一次出走,还是回归?

他说：

也是一种出走，不是回归。我在挑战我曾经不敢挑战的东西。我没有诗才，别人比我写诗写得快。他们满脑子都是诗，像我做音乐一样，出口成章。但是，我做音乐也挺慢的。

我说：

你愿意看谁的诗？

他说：

我愿意看特别拙的人出的诗句，那是最好的。当我发现这个诗人在投机或炫技的时候，我马上就不愿意看了。

4.

我说：

有人说：六十而耳顺。您老如今耳顺否？

他说：

我前段时间写了一个小东西，正好可以回答你。感兴趣的话，我可以念给你听。

我说：

听！

10

他说：

时间不是循环的,时间是直行的,情感是循环的。只有当音乐响起时,时间是循环的,而情感是直接的。

现实像块冰,理想像团火,

我就在它们中间,我做好了准备,融化或者湮灭。

我说：

那您老到底耳顺否?

他说：

哦。我周围有的是耳顺的人,但我知道我必须得坚持点什么不一样的东西。我的生活方式更像是做纯音乐的,特别是像做爵士乐的。必须得在一条路上走到黑,才能看到光明。

5.

我说：

你怎么看《假行僧》?

他说：

很多人会觉得它特别隐晦,网上也有评论说这不是流氓歌曲么! 一个流氓不愿意负责任,到处跑,也不要财产,也不要情感的包袱。实际某种程度上,ta 不应该是一个男性,ta 应该是中性的,ta 也可以是女性看情侣的一个角度。这首歌比较洒脱,"老子惹不起,还躲不起么"?

我说:

如果世界上一切束缚你的都不存在,你的歌会是什么样子?

他说:

不可能没有束缚,即使没有,我也一定会找到束缚,找到边缘。艺术家需要抽象的理性思考。

我说:

你的诗集里有很多Hiphop,与诗歌风格完全不一样!

他说:

Hiphop 是我一个特别不可思议的转向。很多人不喜欢看到我说唱,其实我每张专辑都有说唱,而且我在 1985 年就试着玩说唱了。

我说:

那到底什么是 Hiphop?

他说:

说唱不是一首简单的诗,是一种态度的形式转变。真正的说唱精神就是解决问题,把事儿说透了,谁也别跑，"要不你给我打死，要不我给你骂瘫"。

6.

我说：

《光冻》是怎么回事儿？为什么你要把光冻起来？

他说：

《光冻》是我的一种困惑的表达方式，没有找到出路的感觉。因为有了光被冻住的那种情绪、那种土壤、那种基础的牢不可破的严酷感，而我们又束手无策。当我说光被冻住的瞬间，就有了一种时间被穿越的感觉。未来就是现在的出口。时间是会融化现实的！

7.

我说：

到现在为止，你怎么看待你自己？

他说：

自己？每天面对镜子，都不一样。比如今天晚上看到的是恶魔，明天晚上是醉汉，刚刚做完作品的时候，镜子里又变成一个铁哥们儿。很多时候，我面对镜子，会怀疑镜子里的那个人。

我说：

你数过吗？有多少个自己？

他说：

这始终在变化，最起码我认为有三个自己。

我说：

哪三个？

他说：

其中一个是特别情感化、个体化的。有句话是我女儿告诉我的，她说在西方有一种哲学叫 treat your body like a temple，就是把你的身体看成殿堂。我发现音乐就是对身体忠实的一种东西。

我说：

你这样对待过自己吗？你把自己当庙了吗？

他说：

对，我要是把我的身体放弃了，成天写《花房姑娘》，那肯定枯燥死，我弹着琴都能睡着了。我不想写一个"花房小子""真行僧""二无所有"。所以，我用我的身体找节奏感，我对节奏的研究来自爵士乐，爵士就是用身体数拍子的。

我说：

那另外两个你呢？

他说：

还有一个理想化的我。我经常怀疑自己有没有信仰。

我说：

怎么判断呢？

他说：

要运用排他论，你有没有大量的思考时间？它是非金钱化、非感情化的？如有，那我认为你就是在理性思考，与信仰有关。

我说：

那么第三个你呢？

他说：

第三个就是利益性的、智慧性的。我可以说它是小聪明，签合同、算账、存款、买保险、交际等日常要想的。还有就是培训、科技、规划等，反正是与信仰和情感无关的一些思考。这一切都属于第三个自己。

8.

我说：

《时代的晚上》，究竟是怎样的一个晚上？

他说：

这首歌最大的概念就是矛盾。把对自身的自责和勇气还有情感融合在一起，同时不能说得太多太透。你越不敢说的东西，实际上，你对它的情感就越复杂。

我说：

那你对 80 年代怎么看？

他说：

方力钧的那幅画《打哈欠》，我认为特别代表 80 年代，他明明是打一个哈欠，但是大家认为他启蒙了或是觉醒了。也许，他的画中人物"呐喊"完了，回去又睡了。

9.

我说：

在《盒子》里你说"理想在身后叫唤"，现在理想从哪边叫？后？前？左？右？

他说：

现在我跟这个叫唤平行了。如果理想是火，现实是冰，我在中间。

10.

我说：
当你的歌词变成一本书，你对它有什么期待？

他说：
我希望它能引起对我未来作品的关注。

我说：
万一得诺贝尔怎么办？

他说：
我的作品从数量上还是质量上都远远不够！而且我不认为中国的艺术家在融化自己体外的冰块之前，会被世人看到。也许我们的热情还是不够。"空空的两手／不够热乎／微微的颤抖／不够强烈……"这是我新专辑一首歌《兔子牛》的第一段。

我说：
你要人们都看到你，但不知道你是谁？

我心话儿说：
崔健，是个怪物，是个怎么说都不过分的奇迹。

是为序。

2021 年 7 月 13 日 于北京

17

崔健印象
王朔

对我这种在那十年度过自己整个少年时代的人来说，还未成年就已失去了心肝，只是自己不知而已。特别是 20 世纪 80 年代的中国渲染了一种气氛，让人觉得自己正在获得解放，很长时间还以为自己很幸福呢。那不久，我在一盘录得很差的带子里听到了崔健的《一无所有》和其他几首听似吱吱呜呜实则是在吼叫的歌。怎么说呢，他打破了一种错觉，揭露了一些真相，最重要的是他让我听到了一个人的心灵。原来人是有心灵的。这个常识，那之后我才知道。

很长一段时间，只要我想、有需要让自己感到自己有心灵，就听崔健的歌，仿佛自己的心灵存在于他的音符中，只有通过他的嗓子和他拨动琴弦的手指才能呈现出来，像烟只能通过火来点燃。这该算着魔吧？那段时间又很幸福，以为再也不会失去自己，健康的心灵被可靠地寄托在美丽的地方，如果想自我感动一把，自我证实一把，就把老崔的录音带找出来按一个键，如同把钱存在银行想花就去取。我宁愿崔健和他的音乐代表我存在，代表我斗争，代表我信仰，我把重大的责任都交给他了。

我要指出,崔健的音乐有很大的麻醉作用,他会使像我这样不肯承担的人觉得自己什么也没放弃,理想还在,勇气还在,希望还在,只要这种音乐还响着,我们这些人就不是毫无价值——然后是再一次地破灭和极大地失落和空虚。

　　没有什么音乐能支持哪怕是最平凡的人的一生。即便是崔健,由于历史的原因他有如我的青春胎印。他的每一声歌唱都如同我自发的呐喊,很美,很能提升自己的自我感觉。可最终,我该面对的还得面对,难堪的过程一步也无法省略。曲终人散,什么也没改变。

　　为什么人需要自我感动?需要一种音乐寄托自己的情感?为什么不敢承认自己所做的一切都是无意义的?看到了未来又怎么样?知道了来历又能如何?我知道自己还是会深陷在这越来越新、越来越高的城市中,混迹于饭馆、酒吧、舞厅那一间间其实没什么不同的小房子里,一天天老下去。崔健给过我们多少"力量"——这是他常爱用的歌词——今天想来,也不过是徒增感伤的淡淡记忆。

　　上个月,又重新听了很多遍 ,感动越强烈,内

22

心越空荡,乃至每次都在歌声中睡过去,一个梦没有,像是在沉沦。

他总是朴素的、乐观的,还有几分天真,几分与世隔绝,像是高山积雪刚融化,冰冷、清冽,水寒伤骨。

写到这里时想,崔健是有勇气的,像坏脾气的孩子般执拗。他在该出现的时候来了,并一直坚持在那里。祝愿他无愧于自己。

2000 年 10 月 25 日 于北京
修订于 2022 年

崔健,1961年生于北京,著名音乐人、电影人,被誉为"中国摇滚乐的开山人"。

　　1986年5月,崔健登上北京工人体育馆的舞台表演自己的作品《一无所有》,宣告了中国摇滚乐的诞生。此后陆续推出《新长征路上的摇滚》《解决》《无能的力量》《给你一点颜色》《光冻》《飞狗》等原创摇滚乐专辑。

　　30多年来,崔健不仅仅是一个摇滚巨星的存在,他已成为一个标记我们时代的文化符号,也是中国当代音乐史上的一面旗帜。

目录

1989

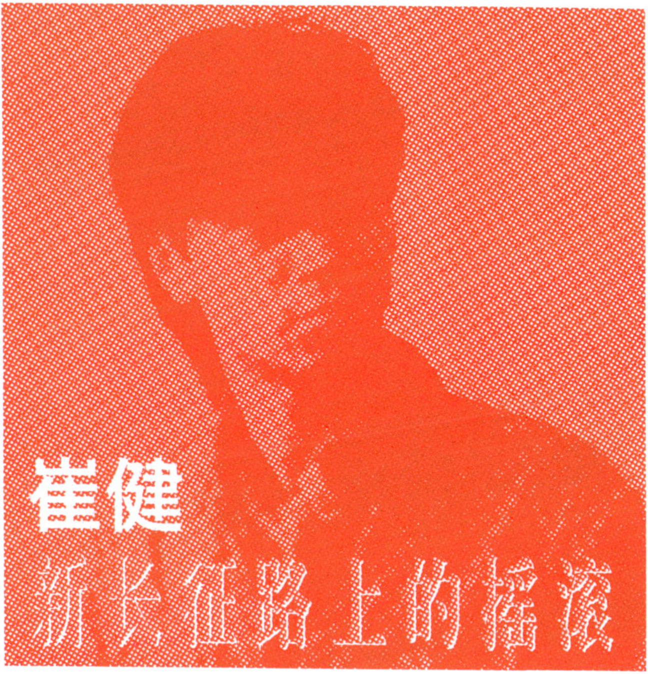
崔健
新长征路上的摇滚

新长征路上的摇滚

听说过　没见过　两万五千里
有的说　没的做　怎知不容易
埋着头　向前走　寻找我自己
走过来　走过去　没有根据地

想什么　做什么　是步枪和小米
道理多　总是说　是大炮轰炸机
汗也流　泪也落　心中不服气
藏一藏　躲一躲　心说别着急

噢　一二三四五六七

问问天　问问地　还有多少里
求求风　求求雨　快离我远去
山也多　水也多　分不清东西
人也多　嘴也多　讲不清道理

5

怎样说　怎样做　才真正是自己
怎样歌　怎样唱　这心中才得意
一边走　一边想　雪山和草地
一边走　一边唱　领袖毛主席

噢　一二三四五六七

不再掩饰

我的泪水已不再是哭泣
我的微笑已不再是演戏
你的自由是属于天和地
你的勇气是属于你自己

我没有钱 也没有地方
我只有过去
我说得多 也想得多
可越来越没主意

我不可怜 也不可恨
因为我不是你
我明白抛弃 也明白逃避
可就是无法分离

我的眼睛将不再看着你
我的怀念将永远是记忆
我的自由也属于天和地
我的勇气也属于我自己

我的忍受已不再是劳累
我的真诚已不再是泪水
我的坚强已不再是虚伪
我的愤怒已不再是忏悔

让我睡个好觉

别说我的样子是坏还是好
别问我的年龄是大还是小
别管我为什么名叫卢沟桥
别怪我对你说我什么都不知道

听够了人们哭　听够了人们笑
受够了马车花轿汽车和大炮
该让我听见水声听见鸟叫
该让我舒舒服服睡个好觉

马车　花轿　汽车和大炮
人喊　人叫　人哭和人笑

别总在我身上不停地唠叨
还是快抬起腿走你自己的道

9

告诉你向西走是一片静悄悄
告诉你朝东去是一片热闹闹

不要再吵和闹我的男女老少
要知道我身上的狮子可不少
实话说我现在正是烦躁
因为我很久没有睡过好觉

花房姑娘

我独自走过你身旁
并没有话要对你讲
我不敢抬头看着你的
噢 脸庞

你问我要去向何方
我指着大海的方向
你的惊奇像是给我
噢 赞扬

你带我走进你的花房
我无法逃脱花的迷香
我不知不觉忘记了
噢 方向

你说我世上最坚强
我说你世上最善良
我不知不觉已和花儿
噢 一样

你要我留在这地方
你要我和它们一样
我看着你默默地说
噢 不能这样

我想要回到老地方
我想要走在老路上
这时我才知离不开你
噢 姑娘

我就要回到老地方
我就要走在老路上
我明知我已离不开你
噢 姑娘

假行僧

我要从南走到北
我还要从白走到黑
我要人们都看到我
但不知道我是谁

假如你看我有点累
就请你给我倒碗水
假如你已经爱上我
就请你吻我的嘴

要爱上我就别怕后悔
总有一天我要远走高飞
我不想留在一个地方
也不想有人跟随

我有这双脚我有这双腿
我有这千山和万水
我要这所有的所有
但不要恨和悔

我只想看到你长得美
但不想知道你在受罪
我想要得到天上的水
但不是你的泪

我不愿相信真的有魔鬼
也不愿与任何人作对
你别想知道我到底是谁
也别想看到我的虚伪

从头再来

我脚踏着大地头顶着太阳
我装作这世界唯我独在
我禁闭着双眼紧靠着墙
我装作这肩上已没有了脑袋

我不愿离开　我不愿存在
我不愿活得过分实实在在
我想要离开　我想要存在
我想要死去之后从头再来

那烟盒中的云彩和酒杯中的大海
统统装进我空空的胸怀
我越来越会胡说越来越会沉默
我越来越会装作什么都不明白

16

我难以离开　我难以存在
我难以活得过分实实在在
我想要离开　我想要存在
我想要死去之后从头再来

看看前后左右　看看男女老少
看看我那到了头的金光大道
感觉不到心跳　感觉不到害臊
感觉不到自己想还是不想知道

出走

太阳爬上来
我两眼又睁开
我看看天　我看看地
哎呀

我抬起腿走在老路上
我瞪着眼看着老地方
那山还在　那水还在
哎呀

多少次太阳一日当头
可多少次心中一样忧愁
多少次这样不停地走
可多少次这样一天到头

望着那野菊花
我想起了我的家
那老头子 那老太太
哎呀

还有你 我的姑娘
你是我永远的忧伤
我怕你说 说你爱我
哎呀

我闭上眼没有过去
我睁开眼只有我自己
我没别的说 我没别的做
哎呀

我攥着手只管向前走
我张着口只管大声吼
我恨这个　我爱这个
哎呀

一无所有

我曾经问个不休
你何时跟我走
可你却总是笑我
一无所有
我要给你我的追求
还有我的自由
可你却总是笑我
一无所有

噢 你何时跟我走

脚下这地在走
身边那水在流
可你却总是笑我
一无所有
为何你总是笑个没够

为何我总要追求
难道在你面前我永远
是一无所有

噢 你何时跟我走

告诉你我等了很久
告诉你我最后的要求
我要抓起你的双手
你这就跟我走
这时你的手在颤抖
这时你的泪在流
莫非你是正在告诉我
你爱我一无所有

噢 你这就跟我走

不是我不明白

过去我不知什么是宽阔胸怀
过去我不知世界有很多奇怪
过去我幻想的未来可不是现在
现在才似乎清楚什么是未来

过去的所作所为我分不清好坏
过去的光阴流逝我记不清年代
我曾经认为简单的事情现在全不明白
我忽然感到眼前的世界并非我所在

二十多年来我好像只学会了忍耐
难怪姑娘们总是说我不实实在在
我强打起精神　从睡梦中醒来
可醒来才知这世界变化真叫快

放眼看那座座高楼如同那稻麦
看眼前是人的海洋和交通的堵塞
我左看右看前看后看可还是看不过来
这个这个那个那个我越看越奇怪

过去我不知什么是宽阔胸怀
过去我不知世界有很多奇怪
过去我幻想的未来可不是现在
现在才似乎清楚什么是未来

不是我不明白
这世界变化快

24

1991

解决

眼前的问题很多　无法解决
可总是没什么机会　是更大的问题
我忽然碰见了你　正看着我
脑子里闪过的念头是先把你解决

明天的问题很多　可现在只是一个
我装作和你谈正经的　可被你看破
你好像无谓地笑着　还伸出了手
把我的虚伪和问题　一起接受

我的表情多么严肃　可想的是随便
我脑子里是乱七八糟　可只需要简单
我以为我隐藏的心情　没有人看见
可是你每个动作让我尴尬　但是舒坦

虽然我脑子里的问题很多
可是多不过那看不见的无穷欢乐
虽然我和你之间没有感情
可我每次吻你都要表现我的狂热

昨天我还用冷眼看这个世界
可是今天瞪着眼却看不清你
噢 我的天 我的天 新的问题
就是我和这个世界一起要被你解决

这儿的空间

打不开天
也穿不过地
自由不过不是监狱
你离不开我
我也离不开你
谁都不知到底是爱还是赖

钱就是钱
利就是利
你我不过不是奴隶
你只能为了我
我也只能为了你
不过不是一对儿一对儿虾米

这儿的空间
没什么新鲜

31

就像我对你的爱情里没什么秘密
我看着你
曾经看不到底
谁知进进出出才明白是无边的空虚
就像这儿的空间里

想的都没说
说的也都没做
乐的就是弹吉他为你唱个歌
你别一会儿哭
你也别一会儿笑
我是什么东西你早就知道

天是个锅
周围是沙漠
你是口枯井越深越美

这胸中的火
这身上的汗
才是真的太阳真的泉水

一块红布

那天是你用一块红布
蒙住我双眼也蒙住了天
你问我看见了什么
我说我看见了幸福

这个感觉真让我舒服
它让我忘掉我没地儿住
你问我还要去何方
我说要上你的路

看不见你也看不见路
我的手也被你攥住
你问我在想什么
我说我要你做主

我感觉你不是铁
却像铁一样强和烈
我感觉你身上有血
因为你的手是热乎乎

我感觉这不是荒野
却看不见这地已经干裂
我感觉我要喝点水
可你的嘴将我的嘴堵住

我不能走我也不能哭
因为我身体已经干枯
我要永远这样陪伴着你
因为我最知道你的痛苦

35

寂寞就像一团烈火 / 崔健、黄小茂

你看我　我看你
彼此相对沉默
我的心在呼唤
夕阳已经沉落
夕阳中你远去
拖着长长的身影
喂　请你慢走　我就要说

要说的话太多
还不如相对沉默
我的心已不在呼唤
它随太阳一起沉落
夕阳中我也远去
拖着弯弯曲曲的身影
喂　请别拦着我　我什么都不说

也许这就是生活
失去一切才是欢乐
相聚时没有天地
分手后又无事可做
不敢想将来和过去
只得独自把酒喝
忘掉白天和黑夜
没有正确也没有过错

如果你在眼前坐着
我要全部对你说
虽然说不说都一样
虽然你也没有听着
寂寞就像一团烈火
像这天地一样宽阔

燃烧着痛苦和欢乐
还有我这身上的枷锁

投机分子

突然来了一个机会
空空的没有目的
就像当初姑娘生了我们
我们没有说愿意
机会到底是什么
一时还不太清楚
可行动已经是雷厉风行
而且严肃

我们根本没有什么经验
我们也不喜欢过去
可是心里明白干下去
一定会有新的结果
不知生活真的需要手段
还是生活就该苦干

反正事情已经重新开始
就不能够怕乱

我们有了机会就要表演我们的欲望
我们有了机会就要表演我们的力量

真理总是在远方
姑娘总是在身旁
可是面对着她们的时候
总与她们较量
明天还要继续繁忙
虽然还是没有目的
只是充实着每个机会
就像坚持在天堂

朋友请你过来帮帮忙
不过不要你有太多知识
因为这儿的工作
只需要感觉和胆量
朋友给你一个机会
试试第一次办事
就像你十八岁的时候
给你一个姑娘

快让我在这雪地上撒点儿野

我光着个膀子　我迎着风雪
跑在那逃出医院的道路上
别拦着我　我也不要衣裳
因为我的病就是没有感觉

给我点儿肉　给我点儿血
换掉我的志如钢和意如铁
快让我哭　快让我笑
快让我在这雪地上撒点儿野

因为我的病就是没有感觉
快让我在这雪地上撒点儿野

我没穿着衣裳 也没穿着鞋
却感觉不到西北风的强和烈
我不知道我是走着 还是跑着
因为我的病就是没有感觉

给我点儿刺激 大夫老爷
给我点儿爱情 我的护士姐姐
快让我哭要么快让我笑
快让我在这雪地上撒点儿野

像一把刀子

红彤彤的心它放着光辉
照得我这双手红得发黑
手中的吉他就像一把刀子
它要割下我的脸皮只剩下张嘴

不管你是谁 我的宝贝
我要用我的血换你的泪
不管你是老头子还是姑娘
我要剥下你的虚伪看看真的

光秃秃的刀子它放着光辉
照得那个老头子露出恨悔
他紧皱着眉　他还噘着嘴
不知是愤怒还是受罪

不要着急　我的宝贝
我们天生就不是为了作对
可我身上的权力就像一把刀子
它要牢牢地插在这块土地

45

你在流泪 我的宝贝
不知是脆弱还是坚强的美
这时我的心就像一把刀子
它要穿过你的嘴去吻你的肺

46

1994

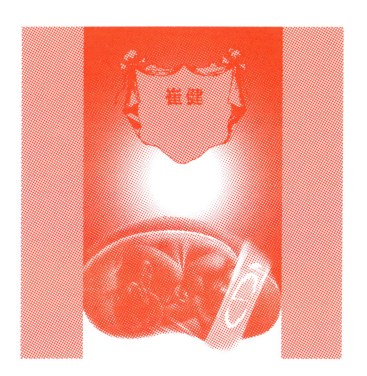

飞了

我根本用不着那些玩艺儿
我的感觉已经晕了浑身没劲儿
这周围有一股人肉的味儿
它只能让人琢磨人之间的事儿

这晕的感觉是朦朦胧胧的
不知不觉身体变得轻飘飘的
你瞧我是不是与众不同
像这灰色中的红点儿

人们的眼神都像是烟雾
它们四周乱转但不让人在乎
我分不清楚方向也看不清楚路
我开始怀疑我自己是不是糊涂

这周围还有一股着火的味道
在无奈和愤怒之间含糊地烧着
我突然一脚踩空身体发飘
我孤独地飞了

啊　嘿呀　那些玩艺儿
啊　嘿呀　浑身没劲儿
啊　嘿呀　人肉的味儿
啊　嘿呀　人之间的事儿

我好像变成一个英雄的鸟儿
在太阳和烟雾之间不停地飞着
我张开了嘴巴扯开了嗓门儿
发出了从来没有发出过的音儿

这个声音太刺激把人们吓着了
他们一个个地站起来大声地叫着
这到底是怎么回事儿我也呆了
我飞得更高了

那天晚上我偷着飞回来摸着黑儿
这周围还和以前一样散发着味儿
我想要的东西它不在空中
它肯定不在别处就在这儿

几天后人们终于发现了我
周围所有人的眼神儿都看起来不对劲儿
突然间那火把空气点着了
我飞不起来了

宽容

我的身体靠着你　两眼紧闭
我的手重复地摸着我自己
我要满足我自己　也给你一个刺激
我要告诉你一切　但不要你生气

我不再爱你　我也没有恨你
虽然你还是你
我没有力气　我也没有必要
一定要反对你

我去□□□　我就去□□□
我背后骂着你
我们看谁能够　看谁能够
一直坚持到底

我的两眼睁开
却充满委屈
看着你的样子
我心中更感到压抑

我想唱一首歌
宽容这儿的一切
可是我的嗓子
却发出了奇怪的声音

最后的抱怨

记得那一天
我的心并不纯洁
我迎着风向前
胸中充满了抱怨
我不知何时曾经被伤害
可这伤害给我感觉

我不是在回忆
我也不想再回忆
可那不明白的过去
使这风显得更加强烈
那不坚定的意志
使这伤痛更加厉害
我心中只有爱情
可爱情它不能保护我
我只能相信我自己

还是在那一天
我要发泄我所有的感觉
我迎着风向前
不怕越走越远
我不知到底为什么愤怒
可这愤怒给我感觉

我不是在回忆
我也不想再回忆
可那多少年的风
总是变换地吹个不停
把多少人的伤害
吹成了一次次革命
我心中只有爱情
可爱情它不能保护我
我只能依靠我自己

我要寻找那愤怒的根源
那我只能迎着风向前
我要发泄我所有的感觉
那我只能迎着风向前
我要用希望代替仇恨和伤害
那我只能迎着风向前
我要结束这最后的抱怨
那我只能迎着风向前

向前　向向前
我迎着风向前

彼岸

今天是某年 某月 某日
我们共同面对同样的现实
这里是世界 中国的某地
我们共同高唱着一首歌曲

1998

崔健 無能的力量

CUIJIAN
THE POWER OF
THE POWERLESS

混子

吃不着铁饭碗像咱家的老头子
也不想处处要人照顾像现在的孩子
我们没吃过什么苦也没享过什么福
所以有人说我们是没有教养的一代混子

真要是吃点苦我准会哭鼻子
下海挣点钱儿又不会装孙子
说起严肃的话来总是结巴兜圈子
可干起正经的事来却总要先考虑面子

除了眼前的事我还能干点什么
除了吃喝拉撒睡我还能想点什么
嘿 若要问我下一代会是个什么样子
那我就不客气地跟你说 我管得了那么多吗

多挣点钱儿　多挣点钱儿
钱儿要是挣够了事情自然就会变了
可是哪儿有个够　可是哪儿有个够
不知不觉挣钱挣晕了把什么都忘了

别跟我谈正经的　别跟我深沉了
如今有钱比有文化机会多多了
谁说生活真难　那谁就真够笨的
其实动点脑子绕点弯子不把事情都就办了

我自己骂我行　但别人可不成
我再怎么没文化也总比那混子强
别看不起我　就怕别人看不起我
因为我内心深处藏有伟大的人格

我想相信自己 我又想成全自己
可是最难受的滋味就是犹犹豫豫
嘿 来点痛快的 别总磨磨唧唧
可如今最痛快的说法就是爱怎么着怎么着吧

反正不愁吃 我也反正不愁穿
反正实在没地儿住就和我父母一起住
白天出门忙活 晚上出门转悠
碰见熟人打招呼"怎么样""嗐 凑合"

我爱这儿的人民 我爱这儿的土地
这跟我受的教育没什么关系
我恨这个气氛 我恨这种感觉
我恨我生活除了"凑合"没别的目的

我想发展自己 我又想改善环境
可你劝我撒泡尿好好看看自己
你说别太较劲了 你说别太较劲了
你说如今看透了琢磨透了但不能说透了

瞧你□那操行 怎么变成了这样儿了
前几年你穷的时候你还挺有理想的
如今刚过了几天儿 你刚挣了几个钱儿
我看你比世界变得快多了要么是漏馅儿了

你挺会开玩笑的 你挺会招人喜欢
你过去的理想如今已变成工具了
你说这就是生活 你说这才有味道
你干脆说你愿意在失落中保持微笑

嘿嘿 微笑 嘿嘿 微笑
无所谓的 无所谓的无所谓的微笑
你说这就是时髦 你说这就是潇洒
你说这就是当今流行青春的微笑

新的时代到了 再也没人闹了
你说所有人的理想已被时代冲掉了
看看电视听听广播念念报纸吧
你说理想间的斗争已经不复存在了

别让生活恐惧 就别那么固执
因为固执久了世道变了你也看不见了
别胡思乱想了 快多学点儿知识
因为知识多钱多就把理想买到了

一直往下走吧 哥们儿 别再回头瞧了
你说以后的问题那就以后再说吧
放眼看看世界 快放松你的下巴
你说这么多年混过来也该混出点儿头了

无能的力量

你说干就干
走得更快
像天使一般
飞去飞来

你的视野开阔
而我的窄
我看不清你对我
是好还是坏

我一事无成
但不清闲自在
我白日做的梦
是想改变这时代

我现在还无能
你还要再等待
你是否还要我
如果我失败

你看着我沉默
什么都没说
你往下摸了摸
你抓住了我的手

你轻轻地把我的手
捏成了一个拳头
然后放到你的嘴边
你咬了我一口

76

我只会吹
还不会骗
天空太黑
灯光太鲜艳

我已经摸不着了北
请你别离我太远
只有你能够让我
感到体面

刮起了风
感到了希望
风像是我
你像是浪

你在我的身下
我在你的身上
你是否能感到
这无能的力量

九十年代

语言已经不够准确
说不清世界
世界 存在着各种不同感觉
就像这手中的音乐

语言已经不够准确
生活中有各种感觉

其实心中早就明白
却只能再等待
等待 一天从梦中彻底醒来
回头诉说这个年代

其实心中早就明白
你我同在九十年代

笼中鸟儿

别说这是时代
我的眼前的你
周围到处不过还是
一些腐朽的魅力

别说你总要用含蓄
表现你心中的情绪
一天你会感到压抑
你会感到生活不够刺激

别说这是美丽
青春的你
你不过是还有个
性感的身体

会有人爱上你
跟你有关系
现在你还太纯洁
现在你的疯狂还是秘密

别说你有爱情
年轻的你
遥远的温情偶像
只能在你的梦里

一天你会醒来
感到孤独和寂寞
那时你会和我一起
和我一起发现你的秘密

别说你要永远
永远地这样含蓄
别说你的心中
没有什么压抑

疯狂就像只小鸟
就在你心里
一天她会突然跳起
从你的身体里飞出去

缓冲

那天傍晚我从天上飞了下来
坐上一辆车回家那车速并不快
收音机里传出的声音真叫人腻歪
让我感到一种亲切和无奈

我疲惫的眼睛扫着灰茫茫的外面
其实什么也没听着什么也没看见
我事后才知道当时我有那么一种
一种无名的神秘的说不出的伤感

我的生活突然出现了一个新的问题
就是我想跟所有的人保持距离
我不想看见朋友 我不想再说废话
我不想让人知道我有如此坏的脾气

我坚持了一个晚上沉默什么都没干
才发现了我挺喜欢这种有脾气的伤感
是因为我还能看见我的生活的态度
还能感到我的灵魂似乎还活着

周围到处传出的声音真叫人腻歪
让我感到一种亲切和无奈
周围到处传出的声音真叫人腻歪
软绵绵酸溜溜却实实在在

那窗户外的一切像是个另外的世界
如此的亲切却带有死亡的感觉
正好对比我那浑身骚动的热血
就像那平静的海水不能把篝火淹灭

84

我想带着这种疯狂
去睡觉去醒来去明天去后天和永远
可谁知道第二天早晨起来洗完了脸
疯狂不见了　恐惧出现了

我像以前一样无所谓地走出了家门
却没有带着任何破坏的欲望和仇恨
周围还是有那么一种腻歪的声音
让我感到死亡也可能有灵魂

嘿　我回来啦　嘿　我回来啦
我和所有我的熟人打着同一样的招呼
我开始装糊涂　我自我感觉清醒
一种说不出的恐惧更加比疯狂强硬

新鲜摇滚 Rock'n'Roll

你还是不敢彻底跟她说
因为你这个人儿还是太软弱
你曾经迅速地得到了她
你说这就是什么摇滚 Rock'n'Roll

可是现在你的激情已经过去
你已经不是那么单纯
现在她一切还都蒙在鼓里
她看着你的样子真是天真

你和腐朽有着一样的风格
用谎言维护着平庸的欢乐
你怀抱着吉他视野开阔
寻找着新的情人搞 Rock'n'Roll

有人问你 你是干什么的
你说这就是当今流行的摇滚 Rock'n'Roll
有人问你 你不感到累么
你说越累越出汗才越是真正的生活

这不是问题 这样才简单
趁着还年轻能够干的就得赶紧干
这不是爱情 这是激情
这是身体给予腐朽灵魂的一次震撼

你还是不想彻底和她说
因为你这个人儿还是太软弱
你曾经迅速地得到了她
因为你搞的是什么摇滚 Rock'n'Roll

也许她没有在家中等待着你
她独自一个人早已经出去
她的含蓄让谎言在继续
使智慧变得没有意义

你浑身到处都是力量
除了你的诚实还是太软弱
她浑身散发着传统的芳香
等待着新鲜的摇滚 Rock'n'Roll

另一个空间

我知道我当前就差那么一个爱情了
但不知是个火热的还是一个甜蜜的
我看得出你也需要有个人真正地爱着你
但不知是否我就能填补这个空虚

今天我的心情就像那月亮
把这黑色的天空支撑着
正好给了我一点儿勇气
跟你来个开门见山
可是你用了一双骄傲的冷眼
上下看着我
使我感到我的生命
在接受一次挑战

这是一个美丽的紧张的气氛
天空在变小　人在变单纯

89

突然一个另外的空间被打开
在等待着 在等待着我的到来

你就像是一面能透视的镜子
立在我的对面
专照着我 专照着我
身上看不见的空虚
这时我感到刚才我有一种
玩世不恭的感觉
是因为我只有欲望
而没有什么感情

我鼓足了一股勇气
冒失地看着你的双眼
天呐 那是多么美的
一张冷酷的脸

这时我有一种差不多
被你控制的感觉
有一点儿没面子和不舒服
却还不够强烈

突然一个能够震撼我的声音
严厉地问着我
你是否有那么一点儿勇气
得到一个真正的自由
我不知不觉地
下意识地说了一声"我爱你"
顿时我的身体和我的精神
一起轻轻地飞起

不知是否就是你
又开始轻声地问着我

你到底懂不懂 你到底懂不懂得
真正的爱情
我说爱情它到底是个什么
究竟是个什么东西
你说爱情就是
自由加上你的人格

春节

还是一年一度　看起来还挺新鲜
人心里都清楚　该变的还都没变
谁最会装糊涂　谁就最有点儿远见
谁这时候最激动　谁就最明白这点

一年一次机会　欢笑就是发泄
不是直来直去　也不是简单强烈
拐弯抹角的点缀　不疼不痒的感觉
这是文化的魅力　这是东方的血液

周期并不太长　不过三百多天
不做长远的计划　就是最长久的保险
坚持稳固的防守　因为恐惧就在对面
还剩下事情一件　就是无止境地存钱

93

恭喜你发财 是最美好的祝愿
祝你平平安安 八百年都不会变
听听酸歌蜜曲 永远把温情留恋
这是生存的智慧 这是福海无边

春天已经到来 早就不太新鲜
身上有了股春劲儿 却没有爱的体验
快乐的标准降低 杂念开始出现
忘掉了灵魂的存在 生活如此鲜艳

一年一次机会 坐在电视机前
欣赏当代的艺术 还是消磨宝贵时间
慢慢地看明白了 接受了新的观念
安定团结致富 谁都别想超过极限

何必如此的严肃　莫非还是不太满足
比比多年的以前　现在还是挺舒服
老老实实地挣钱　这是光明的前途
搞好那人际关系　那是安全的后路

三百六十五天　这是自然的规律
万物都在轮回　还是稳定最有意义
生命不过七八十年　心里早就明白
老人不再年轻　可是年轻人会老的

哦耶　一年到头来
哦唷　恭喜你发财

时代的晚上

没有新的语言 也没有新的方式
没有新的力量 能够表达新的感情
不是什么痛苦 也不是天生爱较劲
不过是积压已久的一些本能的反应

情况太复杂了 现实太残酷了
谁知道忍受的极限到了 会是什么样的结果
请摸着我的手吧 我孤独的姑娘
检查一下我的心里的病 是否和你的一样

不是谈论政治 可还是有点慌张
可能是因为过去的精神压力如今还没得到释放
别看我在微笑 也别觉得我轻松
我回家单独严肃时 才会真的感到忧伤

我的心在疼痛 像童年的委屈
却不是那么简单 也不是那么容易
请摸着我的手吧 我温柔的姑娘
是不是我越软弱 越像你的情人儿

请看着我的眼睛 不要改变方向
不要因为我太激动 而要开始感到紧张
把那只手也给我 把它放在那我的心上
感觉一下我的心跳 是否还有力量

你的小手冰凉 像你的眼神一样
我感到你身上也有力量 却没有使出的地方
请摸着我的手吧 我坚强的姑娘
也许你比我更敏感 更有话要讲

你会相信我吗 你会依靠我吗
你是否能够控制得住我 如果我疯了
你无所事事吗 你需要震撼吗
可是我们生活的这辈子有太多的事还不能干呵

行为太缓慢了 意识太落后了
眼前我们能够做的事 只是肉体上需要的
请摸着我的手吧 我美丽的姑娘
让我安慰你度过这时代的晚上

98

2005

蓝色骨头

并不可惜 也并不可气
我经过了基本的努力接受了基本的教育
我就是一个春天的花朵
正好长在一个春天里

我爸爸当初告诉我 要想有出息
就得好好学习拿出好成绩
可是我曾经不太相信这个
我现在还是不太相信这个

我说人活着要痛快加独立 才算是有意义
所以我学校还没毕业就开始找了个工作
我要干我最喜欢干的 不管挣钱儿多少
所以我的工作就是一个写字儿的

一开始我就是想用笔发发牢骚
可是谁知道这一开始就一发不可收拾
俗话说活人不能被尿憋死
只要我有笔谁都拦不住我

这就是我的事业 更是我的兴趣
还能有什么工作比这更来情绪呢
钱儿虽然不多所以并不太忙
正好剩下了时间让我琢磨活着的意义

三脚架有三条腿才稳定
少了任何一条都要不停地运动
我的生活也要有三大要素才幸福
就是为了得到幸福我才忙活着

104

第一　就是事业像我上面说的
能高高兴兴工作挣钱养活自己
有话就说　有话就写　而且要彻底
因为每次彻底之后才会出现美妙的空虚

第二　就是身体一定要健康
因为身体要是不舒服　什么都是白给
所以我一周三次跑步加上一次游泳
在运动中想事儿　是越想越起劲儿

第三　当然就是一个爱情了
其实姑娘们不知道小伙子心中的虚弱
没有爱情的日子自然哥儿们多
就像男人越是闲着　越是人缘儿好

哥们儿之间谈论爱情认真也是假的
只有在姑娘面前动感情才能算是真的
当你真的爱的时候理论都是虚的
只有分手的时候疼痛才是实的

为什么没有人告诉我
没有人告诉我 有人在追求我
是不是我的工作太多了 感情已变坏了
还是身体一独立 欲望就变野了

106

反正这三条腿儿的原则听起来有点简单
可在现实生活中得到两个就不容易
如今金钱美女都需要好的身体
谁能告诉我爱情到底要我使出多大的力气

红色 黄色和蓝色
分别代表人的心 身体和智慧
如今这三个颜色统统被泥土盖了起来
就像眼前这个社会的大酱缸

蓝色的天空给我了无限的理性
看起来却像是忍受
只有无限的感觉才能给我无穷的力量
爸爸　我就是一个春天的花朵
正好长在一个春天里
因为我的骨头也是蓝的

迷失的季节

太可惜 也太可气
我刚刚见到你
你是春天里的花朵
长在了秋天里

为什么没有人告诉你
这个迷失的季节
你说你其实已不在乎
你还说你愿意

你说你愿意
在这迷失的季节里
你说你愿意
你说你其实已不在乎
你还说你愿意

别生气 也别着急
我刚刚见到你
你是冬天里的花朵
长在我的心里

为什么没有人告诉你
有人在追求你
你说你对爱情已不在乎
你还说你不愿意

你说你不愿意
在这迷失的季节里
你说你不愿意
你说你对爱情已不在乎
你还说你不愿意

110

小城故事 V21 （上）

我爱上了一个姑娘 一个姑娘
就是我家楼上唱歌的那个姑娘
她妈妈特别张扬 她爸爸特别内向
就跟我家的情况一模一样

她从小不爱多说话 她只爱唱
她的歌声忧伤特别是在晚上
嘿 我就是因为这个 我就是因为这个
我在她的歌声中开始有了爱的想象

我开始激动 开始疯狂
甚至她的歌声一起我就开始春心荡漾
你别说我无聊 也别说我俗
她在我的眼睛里简直就是个圣女

有一点宽容　有一点悠闲
有一点伤感　也有一点平淡

这就是崇拜　或者是变态
圣洁的人怎么可能跟我谈恋爱
她没有理想　也没有欲望
她天生的冷漠正好赶上了一个时代

我搞不太清楚　我也搞不太明白
为什么崇拜和爱情居然同在
我搞不太清楚　我搞不太明白
为什么我不敢上楼一趟诉说我的爱

厨房声叮当当　下水声轰隆隆
却听不到快乐在姑娘家的生活中

你说她很平常吗 她也空虚吗
就像男儿生来压抑女孩生来寂寞吗
你说她在等待吗 她在等我吗
等我带着一束鲜花上楼一趟吗

可我第一没有钱 第二没名气
第三没有受过什么高等的教育
我突然意识到 这是青春后的危机
要想解决它 我只能先出去

红先生

如果我走 如果我真走
爱情是否还算数
如果我停留 永远地停留
生命是否还残酷

生活没有你 生活没有你
我回家没有目的
为了得到爱情 也就是为了得到你
出去才是刺激 而不是逃避

我就要走 我就要走 要走
为了得到爱情 也就是为了得到你
出去才是刺激 而不是逃避

这首歌 唱给你
句句都是唱给你
这节奏 我留着
它是我的心跳和脚步

歌词像是你 歌曲像是我
它们并非不能分离
若是为了爱情 歌曲算个□
若是为了生命 爱情算个□

我就要走 我就要走 要走
若是为了爱情 歌曲算个□
若是为了生命 爱情算个□

115

网络处男

我是一个网络处男
各种各样的网站我都去过
从九八年到现在 转眼过去了
我学会了一点儿打字就没别的了
我曾经叫过"蚊子"叫过"困难户"
也叫过"苍孙"也叫过"假装酷"
后来还有太多的名字我记不清楚了
反正名字越是难听就越显得有个性
网络上的虫子 我现在的名字

前些天我遇到一个姑娘名字叫"海伦"
她起了个洋名却不会说洋文
我那三句半的英文这回可有了用场
弄得她还以为我是一个知识分子呢
她说她刚刚跟她的男朋友分了手
一个人在网吧正在郁闷呢

116

她问我是否也有个女朋友
我说 没有没有 正合好 陪你聊一聊
网络上的虫子嘛 陪你聊一聊

一开始我就像说相声中的那个捧哏的
没想到后来越聊就越有感情了
她突然说她是一个按摩小姐
各种各样的男人她都见过

哎呀妈呀 她可真够大胆真够诚实的
跟她一比我真□□□更像个虫子了
可还没等我回答她又开始继续说了
你们男人不光太坏而且还太癫了
就像是个虫子

我又不是她的客人也不是她的男朋友
她凭什么对我发这么大的脾气
她说她为了爱情说了个大实话
是你们男人承受不了生活的现实了
我说那当然了 那当然了
如今越是刚强的汉子越是受不了这个
她说男人太没劲了 爱情太没劲了
她说网络也没劲了 她说完就走了
说完她就走了

我的脸发热了 我的手也发僵了
我怎么觉得我好像已经干过坏事儿了
连续三天三夜不见她的踪影儿
我突然觉得我上网没有目的了
网络上的虫子

我开始着急了　开始出问题了
我开始觉得说废话没有意思了
我又改名字了　叫"直来直去"了
我又改名字了　叫"一针见血"了
我到处留帖子　到处发信息
海伦　海伦你在哪儿　我是网络上的虫子
我到处留帖子　到处发信息
海伦　海伦回来吧 Rock me on the net

小城故事 V21（中）

外面不简单 外面不容易
没有一件事轻松一件事顺利
不光需要勤奋 还得耐着性子
我好像越来越理解姑娘的父亲

饭馆里叮当当 马路上轰隆隆
进了门黑乎乎 闭上眼空荡荡
身边没有人 四处无动静
谁能给我歌声克制我的感情

有一个早晨 安静的早晨
我回到了空空的我居住过的院子
这肯定是个梦 而且是噩梦
我的家园怎么可能如此像个坟墓

熟悉的味道 熟悉的路
却不见了周围一排排绿色的树
我似乎是走着 又像是在散步
突然一个东西落下掀起了尘土

原来是个少女 白色的衣服
平静地躺在眼前的近处
她没有喘气 也没有血迹
只有脸上的悲伤和微微的恐惧

突然音乐响起 像是个葬礼
立刻英雄转世走来拯救大地

农村包围城市

你们有什么了不起的
要不是我们农村　你们到哪儿吃东西呀
毛主席说啦"农村包围城市"
现在我们来到你们这儿又能怎么着吧

你们有什么呀　瞧给你们惯的
这个不行　还那个不行
有什么呀　不就是多读过几年儿书吗
那没读过书的人就不是人吗

我们没偷你们的　也没抢你们的
我们每天干的活儿都是你们不想干的
你们在领导面前都像孙儿似的
可一到我们面前你们都跟大干部似的

什么身份证儿 暂住证儿 健康证儿
难道你们城里就不是我们中国吗
谁心里都明白 这话该咋儿说咋儿说
谁也不比谁机灵 谁也不比谁傻呀

给我碗水喝

再说了 你们前几代也都是我们农村儿的
现在你们一转脸儿变成贵族了
瞧瞧这些年你们到底干了些什么
各种各样运动都是你们弄出来的

你们读书人最爱变了
好话坏话都让你们说了
世界上有两件事最容易
一个是吹牛 一个就是写字儿

123

有知识和有良心是两回事儿
没有良心有知识又有啥用啊
你们敢说你们说的每句话都是真的吗
写的每个字儿都是用了心的吗

我才不信呢 你们才没这胆儿呢
你们现在火起来了是暂时的
用良心换知识 我还不换呢
我要是有个儿子 才不跟你们学呢

给我碗水喝

小城故事 V21（下）

又是这样过去　我还是没有放弃
谈不上火了　但还算有点成绩
不是跟你吹牛　也用不着谦虚
用不了多久　我就要□□地回去

我要租块地皮　开个歌厅
专门请楼上的姑娘唱歌给人听
去他□的老板　去他□的歌星
别再让我恐惧　别再让我恶心

难道这个世界　比我还不干净
还是因为我的理想本身就有毛病
十天晕头转向　一天清醒
可这一天我的脑子更不平静

太多的欲望　不敢多想
太多的姑娘　让我的心发痒
读书破万卷　难道还不清楚
自由就是一次接着一次的舒服

这么多的言语　都憋在肚子里
随便一张口不是□□就是真理
干了哪件错事　自然有哪条道理
没有什么不能干的　就是我的秘密

如果想占便宜　那就心里不要发虚
如果心里发虚　那就玩点儿含蓄
天空中灰蒙蒙　大地上乱哄哄

这么多年过去 还是找不到自己
身体得到了自由 灵魂还是在监狱
上通天文 下通地理
可还是说不清楚真正的自己

我看差不多了 时机已经到了
我是干脆放弃还是继续努力
拿出新的勇气 还是回家去
回家把青春的爱情进行到底

舞过三八线

雪天 雪地 雪花
它慢慢地不再刺激
北风吹进我的梦里
我没有醒 也没有恐惧

蓝天 草地 野花
它慢慢地失去了美丽
北风吹起了我的醉意
我不愿醒 也不愿放弃

别问我为什么
别试着叫醒我
等我做完这个梦
等我唱完这首歌

超越那一天

妈妈有一天你突然回来站着
盯着我半天然后跟我说
说我有一个亲生的妹妹还活着
我从来不知道也没见过

我焦急地等待着你继续往下说
可是你却开始保持沉默
你从来不让问你可刺痛你的问题
因此我只好默默猜测

你说有一天她将永远地回来
并且认我做她的亲生哥哥
这一切我虽然感到特别突然
可我也似乎在梦里见过

我没有问你我妹妹长得是个什么样子
也没有问你她怎么样地生活着
我更愿意想象她是美丽和性感
就像我在梦中见过的那个

我终于找到了答案你为何如此冷酷
为何对我如此的严格
因为你想让我超过那个伤害你的人
而不像你曾经的那样软弱

我没有张口问你的另外的原因
是我比你想象的更加敏感
因为这么多年来你承受的是耻辱
而我积累的就是叫喊

130

妈妈 这时我有一种说不出的感觉
特别需要你真正的理解
我曾经相信过我们的血缘关系
能够完全地解释发生的一切

当我经历了若干次的苦难
我发现了有一种潜在的危险
就是越长时间的误解将会带来
越出乎预料的演变

恐怕那一天 恐怕那一天
恐怕那一天生活将有重大改变
等待那一天 等待那一天
等待着我的妹妹回来的那一天

131

你真正地了解我那没见过的妹妹
或是真正地了解我吗
如果我们之间突然地发生了爱情
你将会怎么样地处理呢

妈妈 我对不起你 如果我的疯狂
将会给你带来什么不舒服的结果
我不知是为了什么还没有见到妹妹
就已经开始爱上她了

她会真的尊重你吗
她会真的看得起我吗
如果你要是真的生起了气
她会真的像我一样害怕你吗

132

头几年亲热劲儿过了后产生了矛盾
我们还会真的互相爱吗
如果有一天你们俩想要分开
你让我到底跟谁走呢

妈妈 妹妹回来的那天将是一个机会
超越那个传统的家庭观念
你知道多年来你关闭了多少感觉
为了你那堂堂家长的尊严

我一直想试着帮你把这问题解决
可你却很少给我机会表现
我开始怀疑你那把握公平的能力
因为我这么努力你居然看不见

妈 我的心中有一些委屈想要发泄
甚至表现在高兴后面
我没有为了生存而妥协
是因为你的存在和努力的改变

如果爱能给我力量我将会感到轻松
甚至能忘掉所有的危险
如果恨起了作用那我只能伤感地去回忆
并且默默度过那一天

度过那一天 度过那一天
默默地伤感地度过那一天
超越那一天 超越那一天
轻松地简单地超越那一天

光冻

那天夜里
我和太阳和月亮
冻在一条线上
光太沉重
身体太软
我的呼吸短浅

闭上了眼
月光穿过了冰
扭曲在我的身上
光的外面
是僵硬的壳
它让空气像是监狱

睁开了眼
睁开双眼

141

你来到光的里面
闭上双眼
闭上了双眼
这就是冰的里面

第二天夜里
天上没有星星
如同你没有表情
欲望太大
力气太小
希望总在挣扎里

闭上了眼
如同停止了呼吸
却感受到了光芒
光的里面

是凝固的汗水
突然要和我一起歌唱

睁开了眼
睁开双眼
你来到我的身边
闭上了眼
闭上了双眼
融化我在这冰的里面

今天夜里
你要带我走出
这冰冻多年的梦里
你的表情冷漠
你的喘气热乎乎
你要给我人的温度

你张开了胸怀
拥抱我这冰中的
最顽固的身体
时间过得太久
温度太低
我已经是奄奄一息

今天夜里
你会带我走出
冰冻多年的梦里

144

死不回头

我站在浪尖风口
南墙碰了我的头
我挺着身体背着手
风你可以斩我的首

废话穿透了耳朵
恐惧压歌喉
土地松软沉默
骨头变成了肉

姑娘你跟在我身后
恐惧变忧愁
你是否还要跟我走
如果我死不回头

南墙突然张开个口
要吃掉我的头
它是否已经害怕我
知道我死不回头

谁让我撞上了墙口
闻到了腐朽的臭
墙外到底是什么
等我把南墙撞透

146

鱼鸟之恋

天空太小
让我碰到了你
我是空中的鸟
你是水里的鱼
我没有把你吃掉
只是含在嘴里
我要带着你飞
而不要你恐惧

故事太巧
偏偏是我和你
看我们的身体
羽毛中的鱼
我还你一个自由
我放你回去

147

因为你离不开海水
我也离不开空气

一会儿是风
一会儿是水
海面像个
朦朦胧胧的大大的床
你拉我入水
我却难以站立
你说要用海水
清洗我的肺

天涯海角
我只能属于你
我是孤独的鸟
你是多情的鱼

我差点儿被你吃掉
羽毛还在你嘴里
我要离开海水
却使不出力气

我湿湿的身体
像条奇怪的鱼
你在水中吻我
我却无法呼吸
你没有沉到水底
我也没有飞起
海浪给了我和你
一个恨的距离

一会儿是风
一会儿是水

海面像个
动动荡荡的大大的床
你推我出水
我不愿意飞起
你说海水就是
鱼的眼泪

外面的妞

外面的妞
我家房顶有个口
时间一长久
就像是一个星球

外面的妞
你的身旁是北斗
我躺在床上起
我要射中你的星球

外面的妞
请你带我离家走
外面的妞
带我飞出这地球

外面的妞
我看月亮有点儿熟
原来是你的心
堵住了天空的漏

外面的妞
你可千万别害羞
给我你的手
再爱我一宿

酷瓜树

这几年我活得规律
疯狂藏在心里
发财的树
像个通天的柱　顶天立地
天塌下来我有树

鸟儿飞来飞去
树叶变色落地
黄金般的泥土
来得凶猛　残酷
泥土就要埋没我的树

鸟儿越是飞　飞得越高
越是惭愧
绿叶看起来　看起来越美
越是颓废

153

泥土带着风 闻着新鲜
让人沉睡
泥土就要埋没我的树

脱下衣服吧 宝贝
躺在床上盖被
如果我是个动物
你是否会更舒服
我是你温柔的动物

阳光照着我是浪费
雨水早就是白给
千年的树皮
像是给我 一个嘱咐
越是冷漠越是酷

154

金色早晨

你的眼神
有一点儿湿润
像是雨后清晨的天
朝阳一轮

你的表情
有一点儿混
像是乌云给夜晚
守着大门

我没有拒绝你
在这金色早晨里
阳光照着我身体
轻轻站立

我没有拒绝你
在这金色早晨里
天空和我的距离
乌云远去

你的脸庞
压着我胸膛
就像乌云上面的天
鸟在飞翔

我闭上眼睛
看见黑色的阳光
才知清晨和夜晚
是一样的混

滚动的蛋

阴天的早晨
这床像个船
我坐在船头
向最远的地方看

我的身体缓缓地
开始荡漾
嘿 我坚硬如石
我柔软如棉

雨后的大地
走路更难
因为这泥土
比这皮肤更软

我不知道前面
是否还有风险
嘿　我慢慢地走着
像个滚动的蛋

太阳照着乌云
像是一块壁毯
使我的身体
感到了温暖

路边的花儿
看起来真的新鲜
嘿　他们似乎在哭
他们似乎在喊

鲜花的下面
是干枯的树杆
组成了心
和屁股的图案

突然它们倒下
挡住了我的路
嘿 我不能够停止
因为我是个滚动的蛋

浑水湖漫步

如果你在悠闲散步
围绕着一片浑水的湖
幸福 不再是个目的
而是水中的一条鱼

同行的人还有谁
看见我的心落水
这时音乐突然停止
幸福跳起变成落日

水面就是一个世界
与我只有零的距离
我已经听到了水里发生的一切
才知道是浑水摸鱼的感觉

然后我越过了边界
听见了浑浊的音乐
这时我知道我已离开了土地
我只能在水下飞

呼呼呼呼 吸吸吸吸
浑水就是新鲜空气
自由不再是个目的
因为我就在这目的里

跳下去有点儿简单
跳出来却没那么容易
如果你还没有幸福
你一定是迷恋土地

上面的人先别下水
告诉你我曾经是谁
你听音乐突然响起
告诉你水中也是监狱

呼呼呼呼　吸吸吸吸
浑水就是新鲜空气

阳光下的梦

放开你的手
露出你胸上的肉
感觉我的嘴
和舌头

摸住我的头
让我听到你的心跳
让我闻到你的
味道

阳光下的梦
是个温暖的坑
我的汗水在流
可我的心寒冷

阳光下的梦
是粉红的天空
我的口水在流
我要吐出我的心胸

现实像条狗
就在你面前颤抖
就在你的绳下
行走

快放开你的手
让我向更远的地方走
在黑夜中流浪
自由

2021

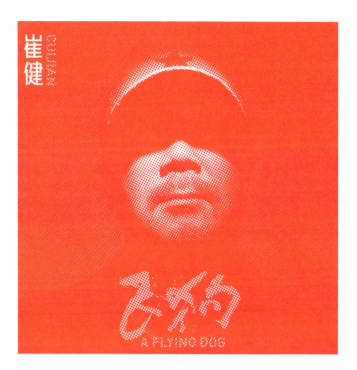

飞狗

坐在电脑前 像一条狗
数字世界大草原 信息糊口
飞来一个念头 像时间穿越
我和草原一起 逆天行走

居高临下看见自由的底线
人群被带进羊群的圈
我如此悬在颠倒的空间
如同黑洞里的一条飞狗

如此的飞 不同于想象
如此的飞 不像鸟一样
如此的飞 上上下下
如此的飞 跌跌撞撞

扎堆的人群没有尽头
干枯的草原河水倒流
庞然大物　倾斜站立
大人无视　小人颤抖

逆天行走　持续的瞬间
恐惧的记忆　如满地碎片
天空没有倾斜　人群抬起了头
草原也站起　如海市蜃楼

还有一个选择　再往上飞
飞到银河玩宇宙的黑
看准那庞然大物的重心点
回来击穿它的肚脐眼

时间的 B 面

站在变形的镜子前
看到时间的 A 面
我和人们一样
只看到自己的脸

莫非里边也有你
正在被时代改变
这时有人大声吼
嘿 老子根本没变

时间就是金钱
还是时间出卖了自己
如此 A 的生活
为啥还感到委屈

你我纠缠到永远
还是空间在扭曲
你厌倦了缠绵的日子
带我玩儿自由极限

迎面穿过这镜子
来到它的后边
发现是孔雀的屁股
尴尬的风光无限

你说这镜子立着
是为撑一个场面
只让我看到自己
其他视而不见

你颠倒了空间
把我挂在底线上
我只能随风摇摆
如同荡着秋千

向前摇是 A
和时代一起变迁
向后摆是 B
咱俩一起沦陷

留守者

你说你要走 我并没有挽留
而且我还抬着头 泪水在口中流
你说你走就走 还留下了一个借口
它像你的一只手 抓住我的心颤抖

你说你知道我 终将会变老
你说你知道我 会无所依靠
你说你知道我 在无声地喊叫
你却不知道 我已画地为牢

你说你要走 你要走就走
千万不要回头 因为你的借口
就是你的自由 我想吼却没吼
血气还是不够 我窒息着张着口
就像是一个 像是一个困兽

末日海滩

今天我要 放飞
明天的我 爱谁谁
沙土自己组成堆
等待着涨潮水

海水其实就是你
沙堆代表我的心
海风绕开我的身
海水动摇我的根

你向我走来 宝贝
不知爱情给谁
海浪 有去有回
与我的呼吸相配

日子平静得淡如水
我是黎明前的黑
风终于看到了我
温柔地冲着我吹

哦　今天的我
耶　放自己飞
哦　明天的我
耶　爱谁谁

我渴望被大风吹
我渴望被大浪推
可海水干燥得像风
可风柔情得似水

天空比往常更黑
星球胡乱地排成了队
我把勇气堆成了堆
咱们来个互相摧毁

海风吹　海风吹
海风吹打着我的沙堆

爱情量子定律

如果我还有一口气
我选择喝两滴
一滴酒是为了我
一滴水为你

你我并非是一体
却纠缠在一起
每当你沉睡在梦里
我都在飞

我和你没有分离
近在咫尺却各自独立
我心在天边身在你 有一个频率
随时随刻 惺惺相惜

178

如果这还是个秘密
我要去见上帝
千万不要叫醒你
看着我离去

我在天空你在地
隔十万八千里
只要我张口唱一句
爱就在你梦里

兔子牛

空空的两手不够热乎
微微的颤抖不够强烈
习惯了停留和慢走
牛身上流着兔子的血

慢走　慢慢走

千真万确　千真万确
牛身上流着兔子的血
千真万确　千真万确
还是兔子身上流着公牛的血

故事不新鲜总是重复
一头牛走上兔子的路
昨日的追求不再明确
野性在温情中迷路

180

迈着沉重的腿走不归路
睁开带血的眼无泪
末日的田野突然凝固
只有心跳的强烈是牛的感觉

慢走 慢慢走

半边儿天

你身上有股特殊的劲儿
能让我铁血唱着歌儿
高墙趁机开个口儿
我也趁机喘口气儿

夜幕就像放电影儿
光芒照亮天的一半儿
梦幻题材的大片儿
你演美人儿 我演爷们儿

歌声变饭碗儿 废话变米粒儿
只有你的心跳声儿 陪我喘粗气儿
嘲笑如雷贯耳 鲜肉满地打滚儿
你有冷酷的眼神儿 我有流浪的魂儿

你也扯开了大嗓门儿
释放你心中的火花儿
我把心攥成了拨片儿
一下一下弹 这吉他的弦儿

欲望就是这鼓点儿
呐喊就是这高音儿
咱俩现在不是演戏
而是唱着一首 期望的歌儿

天空的半边儿 是头顶这一块儿
只要我有你 就顶天的一半儿
月亮掀起泡沫儿 盖着你的身体
挑逗着太阳 起来干行活儿

继续

我初心到底　却怀疑
你清澈见底　却无力
现实站起来　像个海绵体
插在你嘴里　还要你呼吸

枪林弹雨　我裸体
莺歌燕舞　我演戏
阳光晒肉体　躺满了一地
泥土加玉米　铜墙铁壁

权力高悬起　遮风挡雨
栖身的土地　恐惧
我初心到底　没有目的
你清澈见底　无言无语

身体站起来　要带脑袋出去
推翻这墙体　呼吸空气
大棒子落下　击打我如雨
你随我站起　身体颤栗

仅仅是站立在出生的土地
天空压下来　考验我的耐力
你的身体弯曲　为我哭泣
你的心却要我继续

图书在版编目（CIP）数据

崔健诗歌集 / 崔健著. -- 北京：当代世界出版社，
2022.7

ISBN 978-7-5090-1656-5

I.①崔... Ⅱ.①崔... Ⅲ.①歌词集 – 中国 – 当代
IV.① I227

中国版本图书馆 CIP 数据核字 (2022) 第 004519 号

书　　名：崔健诗歌集
出 品 人：丁　云
监　　制：吕　辉
责任编辑：高　冉
特约策划：斑马谷
特约编辑：雷　韵　李恒嘉
封面设计：XYZ Lab
出版发行：当代世界出版社
地　　址：北京市东城区地安门东大街 70-9 号
邮　　编：100009
编务电话：(010) 83907528
发行电话：(010) 83908410（传真）
　　　　　13601274970
经　　销：新华书店
印　　刷：山东临沂新华印刷物流集团有限责任公司
开　　本：787 毫米 ×1092 毫米 1/32
印　　张：7.125
字　　数：80 千字
版　　次：2022 年 7 月第 1 版
印　　次：2022 年 7 月第 1 次
书　　号：ISBN 978-7-5090-1656-5
定　　价：79.00 元